C O L L E C T I O N
LITTÉRATURE JEUNESSE

DIRIGÉE PAR ANNE-MARIE AUBIN

C'était super bon.
Très touchant.
Très bonne auteure.
Vraiment très
bien!

fini le 92-03-26

Mille baisers, grand-père

à ma fille chérie
de sa mère xx
92.02.22

Du même auteur

Pas de répit pour Mélanie, Montréal,
Éditions Québec/Amérique, 1990.

Mille baisers, grand-père

STELLA GOULET

ROMAN

3

ÉDITIONS QUÉBEC/AMÉRIQUE

425, rue Saint-Jean-Baptiste,
Montréal, Québec H2Y 2Z7
(514) 393-1450

Données de catalogage avant publication (Canada)

Goulet, Stella
    Mille baisers, grand-père

    (Collection Littérature jeunesse ; 3)
    Pour les jeunes à partir de 8 ans.
    ISBN 2-89037-539-O

    I. Titre. II. Collection: Collection Littérature
jeunesse (Québec/Amérique) ; 3.

PS8563.O85A94 1991   jC843' .54   C91-096204-9
PS9563.O85A94 1991
PZ23.G68Am 1991

Dépôt légal:
2e trimestre 1991
Bibliothèque nationale du Québec
Bibliothèque nationale du Canada

Montage
Éric Hince

Chapitre 1

Une merveilleuse découverte

Mireille D'Anjou est une jolie fillette aux longs cheveux bruns et au visage ovale illuminé par deux grands yeux verts. D'un naturel enjoué, son rire éclate souvent comme une cascade au milieu de la maison. Mireille approche de ses douze ans, mais ce matin il lui semble qu'elle a vieilli d'un coup et que son cœur va s'arrêter de battre. Elle est envahie par une immense tristesse: son grand-père qu'elle aime tant va mourir!

La fillette a voulu accompagner sa mère au chevet du vieil homme. Mais elle regrette maintenant d'avoir insisté en le voyant amaigri, tassé au creux de son lit, le visage perlé de sueur. Aussi Mireille, tapie au fond de la chambre, n'ose s'approcher du mourant. Tout lui paraît lugubre dans cette pièce jadis si gaie avec ses meubles robustes, son papier peint rempli d'oiseaux exotiques et son tapis persan. Aujourd'hui, il lui semble que toute la maison tremble de peur, qu'elle se lamente à l'intérieur de ses vieux murs.

C'est ici qu'elle aimait venir se réfugier pour raconter ses joies et ses chagrins à son grand-père, lorsqu'il se portait bien. C'est un savant éminent qui a reçu le prix Nobel de physique, il y a deux ans. C'est donc un homme très important et Mireille en est très fière!

Recroquevillée dans un fauteuil, la fillette songe aux leçons de science que lui donnait son grand-père. Cela ne ressemblait pas du tout à l'école. Avec lui, les cours prenaient toujours l'aspect d'un jeu. C'est ainsi que Mireille a découvert que les lois de la physique n'ont rien de sorcier. Sacré grand-père! Il était si drôle dans l'enthousiasme de ses démonstrations! C'était un savant plutôt joyeux... Et voilà maintenant que cet homme merveilleux se meurt! Et il n'a que soixante-sept ans! Mireille trouve que c'est bien vieux mais sa mère ne semble pas d'accord. Elle dit qu'en 1991, les gens devraient vivre jusqu'à quatre-vingts ans, minimum!

C'est trop injuste! Mireille sent les larmes

lui monter aux yeux. Mais elle ne veut pas pleurer, surtout pas devant son grand-père: il ne sait peut-être pas, lui, qu'il va mourir.

Croisant le regard du vieil homme, Mireille, très sensible, y perçoit nettement un désir. «Mireille, semblent dire ces yeux vitreux, approche-toi, ma petite, viens!»

Mireille hésite, mais prenant son courage à deux mains, elle s'approche du lit. Le moribond lui agrippe le bras et Mireille se raidit, effrayée. Et si la mort était contagieuse?! Mireille chasse cette pensée stupide et se penche plutôt vers les lèvres du vieil homme pour entendre ce qu'il lui murmure: «Va au grenier, souffle-t-il. Va!»

Épuisé, grand-père relâche son étreinte et ferme les yeux. Mireille quitte la chambre, étonnée.

Dans le couloir de la grande maison, un bel escalier de chêne monte à l'étage où se trouvent les chambres. Puis d'autres marches conduisent à un vaste grenier où s'entassent tout un bric-à-brac empoussiéré, de vieilles malles et une grande table garnie d'objets scientifiques aux formes bizarres et fascinantes. Des rayons de soleil s'infiltrent de biais, par une lucarne, et s'étirent sur le plancher de bois.

Dans ce grenier aux souvenirs, comme toujours, Mireille se sent émue devant les vieilleries qu'elle effleure du doigt. Les trésors de grand-père! Lorsqu'elle était petite, Mireille aimait s'imaginer qu'elle se trouvait dans la caverne d'Ali Baba.

«Mais pourquoi grand-père veut-il que je vienne ici?» se demande la fillette.

Promenant son regard, elle découvre une malle différente des autres. Un beau coffre de cuir brun, garni de ferrures qui brillent comme de l'or au soleil; contrairement au reste du grenier, aucune poussière ne vient en ternir l'éclat. «Elle a servi il n'y a pas très longtemps!» en déduit la fillette, perspicace.

Mireille s'approche de la malle insolite. Elle s'agenouille et soulève le couvercle. À l'intérieur, il y a un tas de revues jaunies par le temps. La fillette en retire une pour la feuilleter. Elle fronce les sourcils, surprise, et se tourne vers la lucarne pour y voir plus clair. Il y a quelque chose de bizarre dans ce magazine. Il est vieux et pourtant les pages de publicité annoncent des produits et des objets que Mireille ne reconnaît pas. Elle voit une montre ordinateur munie d'une énorme mémoire et pouvant servir, en plus, de téléphone! Et que dire des costumes des gens photographiés! Ils ne sont pas du tout rétro, bien au contraire, Mireille n'en a jamais vu d'aussi extravagants!

La fillette n'y comprend rien. Refermant

la revue, elle regarde distraitement la page couverture. Elle sursaute soudain en voyant la date! Le magazine est daté du 15 juillet de l'an 2000! Mireille n'en revient pas. La tête lui tourne et elle reste là, un bon moment, sans bouger. Qu'est-ce que ça veut dire?

Se secouant, la fillette replonge dans la malle. Elle farfouille dans les magazines et en vérifie les dates: 1998-1999-2002! C'est incroyable!

Mireille n'est pourtant pas au bout de ses surprises car elle tombe soudain sur une revue avec, en page couverture, une grande photo de son grand-père. Le titre: «Que sont devenus les prix Nobel du vingtième siècle?»

Elle est sidérée par sa découverte. Tout ça est irréel. Elle dort. Bientôt, on va lui caresser les cheveux, lui frôler la joue et Mireille ouvrira les yeux pour apercevoir, penchée sur elle, sa mère à qui elle ressemble tant. Hélène lui sourira et Mireille, bien réveillée, lui racontera son drôle de rêve.

Pourtant, ce n'est pas de son lit que Mireille entend la voix de sa mère, mais du bas de l'escalier. «Mireille, ton père est arrivé. Viens.»

Elle ne rêve donc pas, elle vient réellement de faire une découverte extraordinaire. Très excitée, Mireille a soudain envie de raconter à tout le monde cette aventure insensée. Mais l'instant d'après, la fillette glisse sous son chandail le magazine parlant de son grand-père. Instinctivement, elle a compris qu'il vaut mieux se taire et ne rien dire de cette histoire extravagante. Après tout, c'est leur secret, à son grand-père et à elle!

Mireille remet les autres revues dans le coffre et, y jetant un dernier coup d'œil, elle découvre autre chose, un écrin de velours bleu. À l'intérieur brille un joli cristal. «Mireille, dépêche-toi!» crie à nouveau sa mère. La fillette, abandonnant l'écrin au fond du coffre, glisse le cristal dans une des poches de sa robe mauve. Puis, se sentant un peu bizarre, encore ébranlée, Mireille quitte le grenier fabuleux.

Chapitre 2

Une machine incroyable

Au bas de l'escalier, Virgile, le père de Mireille, tend les bras à la fillette qui, oubliant momentanément ses découvertes, descend les marches quatre à quatre pour se réfugier contre la poitrine de cet homme qu'elle adore. Il est venu la chercher pour l'amener chez lui durant la fin de semaine. Les parents de Mireille sont séparés et elle vit tantôt chez l'un, tantôt chez l'autre. Mais il se passe parfois de longs moments sans qu'elle voie son père. C'est un clown-musicien et son métier l'oblige à partir pour de longues tournées. Mais lorsqu'il revient, il s'arrange pour reprendre le temps perdu et ce sont de merveilleux moments pour tous les deux.

Malgré la séparation de ses parents, Mireille est une fillette épanouie car son père et sa mère, en adultes sages, se partagent son affection sans problème. Bien sûr l'enfant préférerait les voir encore ensemble, mais elle s'estime heureuse et profite au maximum de leur tendresse et des mille attentions que chacun lui porte. Par exemple, ce soir son père l'amène dans un restaurant exotique où l'on mange, assis sur des coussins, des drôles de mets avec des drôles de noms servis par des drôles de serveurs. Son père est si amusant dans ses imitations du client gêné, du capricieux, du snob ou du maladroit, que Mireille n'arrive plus à manger tant elle rit. Elle en oublie presque son cher grand-père et la terrible maladie qui va l'emporter loin d'elle.

C'est dans l'intimité de sa chambre que la fillette ressort la fameuse revue trouvée dans le grenier. Bien au creux de son lit douillet, elle l'ouvre et la feuillette avec respect. Dans un article de plusieurs pages, elle y apprend des parcelles de la vie de son grand-père ainsi que la date de sa mort. Il ne lui reste que quelques jours à vivre!

Les larmes aux yeux, Mireille y lit encore que le remède qui aurait pu le sauver vient tout juste d'être découvert par un biologiste œuvrant dans une petite université de province, l'Université de Daveluy. On parle déjà du savant comme d'un futur prix Nobel. Mireille rejette la revue avec colère et s'enfouit la tête dans son oreiller pour y pleurer à chaudes larmes. « Quatorze ans! Quatorze ans de plus et son grand-père aurait pu être sauvé. C'est trop bête!» pense la fillette révoltée.

Le nez embarrassé, elle cherche un mouchoir dans sa poche et y retrouve le cristal. Elle l'avait oublié, celui-là! Elle l'examine donc attentivement sous toutes ses facettes. C'est une belle pierre transparente, bien taillée en longueur et un peu effilée au bout. Captant la lumière d'une petite lampe, le cristal lance des lueurs bleutées dans la chambre. «C'est drôle, pense Mireille, je suis certaine d'avoir déjà vu ce cristal quelque part!»

Elle réfléchit, plissant le front. Soudain, un éclair dans ses yeux. Mireille se lève et se dirige vers une bibliothèque un peu trop garnie qui risque de provoquer, à tout moment, une avalanche de livres, de revues et de babioles de toutes sortes. Fébrile, la fillette sème encore plus de désordre et finit par trouver ce qu'elle cherche: un petit livre écrit à la main.

Mireille est émue. Elle se souvient que son grand-père lui a donné ce livre le jour de ses cinq ans. Il l'avait écrit lui-même et en avait tracé tous les dessins. Elle se revoit encore sur les genoux de l'homme aux cheveux déjà blancs.

«C'est un livre très précieux, Mireille, et il faut me promettre de le garder toujours. Ce sera notre secret à tous les deux. Quand tu le liras, tu penseras à moi. Comme ça, tu ne m'oublieras jamais...»

Puis grand-père lui avait lu l'histoire. Mireille se rappelle encore le timbre chaud de sa voix. Le petit livre, qu'elle connaît par cœur, raconte l'histoire d'une machine fantastique, cachée dans une pièce secrète dissimulée dans un grenier. Pour actionner la porte menant à cet endroit merveilleux, il fallait faire basculer une petite lampe accrochée au mur. Mireille sourit aux souvenirs éveillés par sa lecture. Puis, tournant une page, elle fronce les sourcils; elle vient de découvrir une réplique exacte du cristal trouvé dans la malle. Elle se souvient maintenant: dans l'histoire, ce fameux cristal servait à mettre en marche la machine... à voyager dans le temps! Cet engin fantastique avait été inventé par un savant qui ressemblait beaucoup à son grand-père. Ce savant amenait sa petite fille dans le futur et Mireille, à l'époque, avait été ravie de constater que la fillette du conte avait les mêmes traits qu'elle.

Mireille n'en revient pas, le cristal existe vraiment! Et si le reste...!? Elle secoue la tête. Voyons donc, une machine à voyager dans le temps! Mireille se sent pourtant très excitée. Elle tourne en rond dans sa chambre, la tête en feu. Il faut absolument qu'elle vérifie si le grenier ne cache rien d'autre que des vieilleries, sinon elle ne pourra jamais dormir. Et dès ce soir! Même si la pluie s'est mise à tomber!

Mireille décide d'agir dans le plus grand secret. Elle ne veut surtout pas avoir l'air ridicule et qu'on lui dise, en riant, qu'elle est trop vieille pour croire aux contes de fée. Elle enjambe sa fenêtre et descend par le treillis du lierre. Puis elle court dans la nuit jusque chez son grand-père qui, heureusement, n'habite pas très loin.

Par la fenêtre de la chambre du malade, Mireille aperçoit sa mère, toujours à son chevet. Comme tous les recoins de la maison lui sont familiers, elle se glisse dans la cour arrière, grimpe l'escalier menant à l'étage puis escalade l'échelle qui conduit au toit et à la lucarne du grenier. Mireille s'est souvent amusée à y entrer pour surprendre son grand-père au milieu de ses travaux. Elle peut donc se glisser facilement dans le grenier sombre et silencieux.

Du faisceau de sa lampe de poche, Mireille éclaire le mur de gauche. Rien! Que des toiles d'araignées qui scintillent sous le rayon lumineux. Déçue, elle se tourne vers le mur de droite. La lumière lèche les planches de bois et se fige... sur une petite lampe, semblable à celle du livre! Mireille est si heureuse qu'un peu plus et elle crierait de joie, ameutant toute la maison. Heureusement, elle se retient juste à temps!

Elle essaie donc de faire pivoter la lampe. Peine perdue! Elle est fixée comme dans du béton. Mireille ne peut s'empêcher de sourire de sa naïveté. Comme si des passages secrets existaient dans la vraie vie! Mais elle est très déçue et c'est presque avec rage qu'elle essaie de nouveau, s'acharnant à deux mains sur la lampe. Soudain, l'incroyable se produit: l'applique bascule et une partie du mur s'ouvre. Mireille, incrédule, découvre une petite pièce très sombre qui s'illumine peu à peu, avec, au beau milieu, un véhicule incroyable!

«La machine à explorer le temps! Tout est donc vrai! »

La fillette, médusée, laisse tomber sa lampe de poche. En bas, la mère, qui a entendu le bruit, lève la tête vers le plafond, écoute un moment puis hausse les épaules. Mais grand-père a ouvert les yeux et un étrange sourire se glisse sur ses lèvres.

Chapitre 3

Le grand départ

Au matin, Mireille est réveillée par le chant des oiseaux. Elle s'étire et sourit en pensant au beau rêve qu'elle vient de faire. Assise au bord de son lit, elle se penche pour ramasser ses vêtements et les trouve encore trempés de son excursion de la veille! Elle n'a donc pas rêvé, la machine à explorer le temps existe vraiment!

Mireille cherche la revue sous ses couvertures. Elle la retrouve sous le lit et la feuillette rapidement. Elle s'attarde un moment sur le paragraphe qui parle du chercheur qui a trouvé le remède. Puis elle part comme une flèche: sa décision est prise, il n'y a plus de temps à perdre.

Au salon, elle ouvre le banc du piano et farfouille dans les partitions musicales et les cartes géographiques. Elle trouve enfin ce qu'elle cherchait: une carte routière du Québec.

Mireille consulte attentivement la carte étendue sur son lit. Elle y repère la petite ville de Daveluy, qu'elle entoure d'un trait rouge, située à environ deux cents kilomètres de Québec. «Parfait, ce n'est pas très loin », pense-t-elle en remplissant son sac à dos de linge propre. Elle n'oublie pas d'y mettre son précieux journal, le plus fidèle des confidents, ni son appareil photographique déjà chargé. Puis toujours aussi fébrile, Mireille prend un grand livre d'archéologie dans sa bibliothèque, glisse les doigts sous la reliure et en sort une quarantaine de dollars en différentes coupures: toutes ses économies!

Mireille a caché son sac sous la galerie. Maintenant qu'elle est fin prête, elle peut bien retarder son départ de quelques minutes pour gâter un peu son père. Aussi lui a-t-elle préparé un déjeuner appétissant composé d'œufs, de bacon et de rôties, le tout arrosé d'un vrai café concocté à la manière de Virgile. Quand il entre dans la cuisine, Mireille éclate de rire: il a l'air d'un clown avec ses cheveux ébouriffés et ses yeux tout plissés de sommeil. Mireille éclate de rire en le voyant. Virgile est ravi à la vue du petit déjeuner et se met aussitôt à jongler avec des œufs, faisant mine d'en laisser tomber un juste au-dessus de la tête de Mireille qui recule vivement. Elle s'est fait avoir, une fois de plus! Heureux de son succès, Virgile s'assoit près de sa fille et mange de bon cœur.

— As-tu des projets pour aujourd'hui?

— J'aimerais bien aller au cinéma avec Lili, répond Mireille, la bouche pleine... Pourrais-tu me passer un peu d'argent?

Le père sort un billet de sa poche. Il surprend le regard déçu de Mireille et en ajoute un autre.

— Je vais aller vous reconduire.

— Inutile, s'empresse de répondre Mireille, tout est déjà arrangé avec la mère de Lili.

S'emparant d'une pomme dans le plat de fruits qui décore en permanence la table de la cuisine, la fillette se lève et embrasse affectueusement son père, au risque de lui faire renverser sa tasse de café.

— Tu pars déjà? demande-t-il, un peu déçu.

— Lili m'attend.

— Donne-moi son numéro de téléphone au cas où j'aurais besoin de te rejoindre.

Mireille hésite un peu.

— C'est le 842-1923, dit-elle en se sauvant. À ce soir, papa.

— 842-1923, répète Virgile en griffonnant le numéro sur un bout de papier.

Il est un peu étonné de ce départ rapide. Il le serait encore plus s'il pouvait voir Mireille récupérer son sac et décamper comme une belette.

Mireille entre bientôt chez son grand-père. Sa mère, qui s'apprête à sortir, s'étonne de voir sa fille.

– Je suis venue prendre des nouvelles de grand-père. Comment va-t-il?

– Toujours pareil. Tu as rapporté tes affaires? demande Hélène en voyant le sac à dos.

– Non, non, ment Mireille. Ce sont juste mes livres de classe. Je vais aller étudier chez Lili après. Tu sors?

– Une course. Je reviens dans une heure. Je profite de la présence de l'infirmière.

Mireille embrasse sa mère et va dans la chambre du vieillard. Grand-père semble dormir mais il ouvre les yeux à l'approche de Mireille. Il essaie de lui sourire et Mireille le regarde un moment avec beaucoup d'affection. Puis elle lui dit à l'oreille: «Ne t'en fais pas, grand-père. Je m'occupe de toi. Tiens le coup!»

Mireille quitte la chambre et se dirige vers l'entrée. Elle ouvre la porte et la referme en la claquant pour convaincre l'infirmière de son départ. Puis, sur la pointe des pieds, elle grimpe l'escalier.

Au grenier, le truc de la lampe fonctionne

toujours. Dès que Mireille se retrouve près de la merveilleuse machine, la porte de la cachette se referme automatiquement. La fillette frissonne en contournant avec respect l'étrange véhicule qui ressemble à un poisson ventru et coloré surmonté d'un dôme de verre transparent.

Elle soulève la porte et s'installe dans l'appareil. Fouillant dans son sac, elle en retire le cristal. Zut! Elle a oublié le livre. Tant pis, elle se souvient de l'histoire en détail; si tout est semblable au conte, elle saura très bien où déposer la pierre transparente. Elle tremble quand même un peu en insérant le cristal dans son emplacement, entre deux cadrans qui s'illuminent aussitôt. Un bourdonnement chaleureux s'installe dans la machine. D'abord effrayée, Mireille retrouve peu à peu son calme et, se remémorant les indications du conte, elle parvient à programmer la date de son voyage: le quinzième jour du cinquième mois de l'an 2005!

Tout est prêt, il ne lui reste plus qu'à pousser la manette et le tour est joué. Mireille hésite, des gouttes de sueur perlent sur son front; et si ça ne marchait pas, ou pire, si elle ne pouvait plus revenir? Mais Mireille revoit son grand-père si souffrant et reprend courage. Doucement, elle avance la main vers une manette bleue et la pousse en fermant les yeux. Un drôle de bruit se fait entendre puis un bip retentissant, insistant. Mireille ouvre de grands yeux et entend une voix monocorde, une voix d'ordinateur: «Erreur de temporalité, poussez sur la manette rouge». Dans sa nervosité, la fillette a utilisé la commande du passé. Elle se reprend donc, déterminée, et cette fois ne commet aucune erreur.

Tout s'embrouille immédiatement autour de Mireille. Les couleurs et les lumières du jour et de la nuit se succèdent à une vitesse folle. C'est magnifique mais la fillette est trop pétrifiée de peur pour en apprécier la beauté fantastique. Les cadrans tournent, les années défilent puis, brutalement, l'appareil s'immobilise. Sous le choc, Mireille perd un moment connaissance.

Chapitre 4

An 2005

Lorsque Mireille ouvre les yeux, son regard tombe immédiatement sur les chiffres du cadran lumineux: 15 mai 2005! La fillette, grisée par son succès, éclate de rire. Mais, lorsqu'elle jette un coup d'œil autour d'elle, elle déchante: « Que tu es naïve, Mireille D'Anjou, tu vois bien que ça ne marche pas. Tu es au même endroit! »

En effet, la chambre secrète s'élève toujours autour d'elle. Pourtant, elle est différente, de grandes toiles d'araignées la tapissent. Mireille sort de la machine et se fraie un chemin à travers les fils qui collent à sa peau. Dégoûtée, elle atteint enfin la porte, l'ouvre et découvre un bel atelier de peinture. Les malles et le bric-à-brac ont disparu. « Oh! Oh! pense Mireille, la maison a été vendue!»

Derrière Mireille, la porte se referme,

hermétique, ne dévoilant rien de son secret. Sans faire de bruit, la fillette s'approche d'une toile posée sur un chevalet. Elle reste bouche bée en se reconnaissant dans la peinture déjà bien avancée.

« Qu'est-ce que ça veut dire?»

Perplexe, elle descend quelques marches sur la pointe des pieds. Hélas, à mi-chemin, elle entend quelqu'un venir. Retournant rapidement dans le grenier, elle enjambe la lucarne et s'accroupit sur le toit, curieuse de voir les nouveaux propriétaires de la maison de son grand-père. Surprise, elle reconnaît sa mère. Elle a un peu vieilli mais Mireille la trouve toujours aussi jolie. Puis son père entre; il a son manteau sur le dos et semble être venu chercher Hélène qui l'entraîne vers le chevalet. Virgile, ému, l'entoure de son bras.

— Ne t'en fais pas trop, Hélène. Elle va s'en remettre.

— Déjà trois mois, Virgile! J'ai peur!

— Viens, on va être en retard.

Mais Hélène se dégage, nerveuse: «Je ne peux plus supporter l'impression d'être une étrangère pour elle!»

Relevant la tête, Hélène aperçoit Mireille, une fraction de seconde, dans la lucarne. Elle lâche un petit cri et Mireille n'a que le temps de grimper sur la lucarne pour échapper au regard de sa mère qui s'est précipitée.

– Qu'est-ce qu'il y a? demande Virgile, surpris.

Hélène s'éloigne de la lucarne, un peu confuse.

– Je commence à avoir des hallucinations. Ça va mal!

– Tu n'aimerais pas que je revienne m'installer ici, pour quelque temps?

– Non. Ça va aller... Merci quand même.

Puis les parents quittent le grenier, laissant derrière eux, perchée sur le pignon de la lucarne, une petite fille songeuse.

Malgré les questions qui se bousculent dans sa tête, Mireille poursuit courageusement sa mission. De retour sur le plancher des vaches, elle monte dans un drôle d'autobus qui s'abaisse jusqu'au niveau du trottoir lorsqu'il s'arrête. Elle le prend en photo. Lorsque la porte s'ouvre, elle est si large que même les fauteuils roulants peuvent y entrer; d'ailleurs, à l'avant, il y a quelques espaces sans banc et des garde-fous permettent aux handicapés de se retenir.

Mireille paie le prix du passage et va s'asseoir. Elle a le cœur un peu gros lorsque l'autobus quitte Québec; pour se donner du courage, elle sort la revue et relit l'article concernant la découverte qui peut sauver son grand-père. Elle examine attentivement la photo du savant nommé Étienne Garon. Mireille frissonne: elle ne sait pas pourquoi, mais cet homme lui donne la chair de poule. Elle n'aime pas du tout son regard.

La fillette se tourne vers la fenêtre; ce qu'elle voit à l'extérieur n'est pas tellement différent de ce qu'elle connaît, tout ne peut pas changer en quatorze ans. Pourtant Mireille se sent un peu triste; malgré la vitre teintée orange qui rend le paysage très gai, elle a compris que la pollution a gagné même à la campagne. Pour se changer les idées, elle décide de transcrire ses pensées et ses péripéties dans son journal intime, tout en croquant sa pomme. Mais elle se heurte aussitôt à un problème: quelle date doit-elle mettre, le 5 juillet 1991 ou le 15 mai 2005?

Chapitre 5

L'université

Le soir est tombé lorsque Mireille descend enfin dans la petite ville de Daveluy. La fraîcheur est apparue avec la noirceur et la fillette fouille dans son sac pour y trouver un coton ouaté paré de la photo d'un groupe rock progressif. Elle enfile le chandail puis demande la direction de l'université à un des rares passants.

– Quelle sorte de parents as-tu pour traîner dans les rues à cette heure ? s'étonne l'homme, à travers le masque blanc qu'il porte sur le nez.

Mireille jette un coup d'œil à sa montre.

– Il n'est que huit heures! répond-elle.

– Impertinente en plus! grogne le passant. L'université est par là, indique-t-il en pointant la droite. Mais je ne ne sais pas si tu vas y arriver.

L'homme enfonce sa casquette et s'éloigne rapidement. Mireille, surprise, marche lentement vers la direction indiquée. La rue est déserte. Mireille sent une atmosphère lourde sur la ville, une atmosphère inquiétante qu'elle a déjà ressentie, un soir, à New York. Elle accompagnait son père et s'était étonnée que dans une ville aussi bondée, les rues puissent être désertes dès la noirceur tombée. Son père, qui rêvait, avait jeté un regard inquiet autour d'eux puis s'était empressé de héler un taxi. « Ici, c'est pareil, pense Mireille, même si c'est une toute petite ville. »

L'enfant hâte le pas. Des gens à bicyclette la croisent parfois. Ils portent tous un masque blanc, comme les chirurgiens. Il y a plein de voitures stationnées mais pas une seule en circulation, que des vélos!

Au tournant d'une rue, Mireille aperçoit avec soulagement un grand bâtiment ancien de briques rouges, l'université. Tout est sombre à l'intérieur de l'édifice; elle décide d'en faire le tour.

À l'arrière, des escaliers de métal mènent aux divers étages. Ayant aperçu une lueur à une fenêtre du deuxième, Mireille monte l'escalier avec précaution; jetant un coup d'œil par la fenêtre, elle entrevoit une pièce servant de bureau. Les meubles sont assez modernes et, dans un coin, un foyer allumé lance des lueurs incandescentes. Elle voit aussi la silhouette d'un personnage qui s'éclaire au moyen d'une montre-lampe de poche et fouille méticuleusement le tiroir d'un secrétaire. Il en sort des papiers qu'il lance aussitôt dans le feu.

« Un voleur! pense Mireille. Je suis mieux de ne pas me mêler de ça.»

Elle demeure quand même rivée à la fenêtre, sa curiosité l'emportant. Hélas, elle ne peut distinguer le visage de l'intrus. Le faisceau lumineux de la montre abandonne le secrétaire pour balayer les rayons d'une bibliothèque et s'arrêter sur un bouquin. L'individu saisit le livre et en éclaire les pages. Mireille pousse un petit cri; elle vient de reconnaître le livre d'histoire de son grand-père. Elle n'a que le temps de se plaquer contre le mur de brique; le sinistre individu, alerté, pointe sa montre vers la fenêtre. Heureusement, il n'insiste pas et quitte la pièce.

Effrayée, Mireille décide de redescendre. Lorsqu'elle arrive au bas des marches, deux bras la saisissent. Elle lâche un cri mais une main la bâillonne aussitôt. Elle est entraînée, malgré sa résistance, vers un escalier menant au sous-sol de l'édifice. À la commande verbale du ravisseur, une porte s'ouvre et Mireille est poussée à l'intérieur.

Elle se retrouve dans une cave qui ne ressemble pas du tout à ces lieux humides, sombres et poussiéreux qu'on s'attend à voir dans les vieux édifices. Au contraire, des lumières tamisées et chaudes égaient la vaste pièce. Il y a très peu de meubles, surtout des coussins, quelques matelas, un vieux fauteuil recouvert d'une housse aux jolies couleurs et une longue caisse transformée en table où traînent encore les restes d'un repas. Malgré la pauvreté des lieux, il règne une atmosphère extraordinaire dans cette cave, créée par un immense écran qui couvre un mur complet. Mireille y voit les vagues d'une mer turquoise s'échouer sur le sable d'une plage dorée. C'est tout simplement féerique. Même le son s'y retrouve et Mireille, fascinée, en oublie sa fâcheuse posture.

Une fille de son âge et un petit garçon d'environ neuf ou dix ans sont venus à sa rencontre dès son entrée dans la cave, mais c'est vers son ravisseur que Mireille se tourne. Elle découvre un grand garçon inquiétant dont l'allure étrange lui rappelle les punks de 1991. Sa tête est décorée d'une série de losanges rasés jusqu'au cuir chevelu, et une longue mèche verte pend sur le côté droit. Son œil droit est bleu, le gauche, brun. Une boucle d'oreille d'un vert phosphorescent brille à son oreille gauche. Les vêtements des trois enfants sont troués de losanges et leurs pantalons sont effilochés au bas des genoux. Mireille est tellement surprise de leur allure qu'elle ne pense même pas à protester de sa séquestration. De toute façon, les trois jeunes, un doigt sur la bouche, lui font signe de se taire.

« N'aie pas peur, lui dit le plus grand en lui rendant sa liberté, on ne te fera aucun mal. Tu es plus en sécurité ici que dehors. Mais j'aimerais bien savoir ce que tu es venue faire par ici. »

Mireille, qui n'est pas préparée à cette question, garde le silence pendant que le plus petit tourne autour d'elle, fasciné par son chandail. La fille, elle, fouille dans le sac à dos de Mireille, sans aucune gêne. Elle éclate de rire en sortant les vêtements. Mireille se décide enfin à parler.

– Je me suis sauvée de chez moi, ment-elle.

– Et où comptes-tu aller?

Mireille hausse les épaules. La fille et le grand garçon, d'un regard, se mettent d'accord.

– Tu peux rester avec nous si tu veux, il y a bien assez de place. Je m'appelle Raphaël. Elle, c'est Cassandre, ma sœur.

– Moi, c'est Julien, le petit frère, dit joyeusement le jeune enfant, tout en touchant le coton ouaté de Mireille. Où as-tu trouvé ça? C'est mirobolant!

Mais Raphaël ne laisse pas Mireille répondre:

– Qu'est-ce que tu faisais à la fenêtre du professeur Mireille D'Anjou?

– Mireille D'Anjou? répète la fillette, interloquée.

Et la voilà qui tombe dans les pommes!

– Vite, crie Raphël, aidez-moi à la porter jusqu'à l'aérateur. Elle a trop respiré le smog!

Quand Mireille reprend ses esprits, elle sent un grand courant d'air qui ébouriffe ses cheveux. Trois têtes sont penchées sur elle.

– Tu nous as fait peur, lance Cassandre. Quelle idée aussi de se promener si longtemps sans masque à l'extérieur!

– Un masque? souffle Mireille.

– Mais d'où tu viens, toi? lance gaiement Raphaël. La pollution, tu connais pas?

– Oui mais...

– En tout cas, continue Raphaël, tu as l'air d'aller mieux. Tu vas pouvoir nous expliquer ce qui t'a amenée ici.

– Je veux demander au docteur Garon de me donner le remède pour sauver mon grand-père.

– Goglu? s'exclament d'une même voix étonnée les trois enfants.

– Tu t'imagines que Goglu va t'aider?

s'écrie Raphaël. Il déteste les enfants. Son plus grand plaisir est de les dénoncer pour les envoyer au Centre.

– Les dénoncer? Le Centre?

Raphaël la regarde, de plus en plus surpris.

– Mais de quelle planète tu sors, toi? Chez vous, les enfants sans famille ne sont pas envoyés au Centre?

– ... Je... je pense que oui mais...

– Ici, au Centre, dit Cassandre, ils choisissent un métier pour nous et on n'a pas le droit d'étudier autre chose.

– Ah oui?

– C'est pour ça qu'il ne faut pas se laisser attraper, dit Julien, et surtout ne pas sortir après le couvre-feu!

– Le couvre-feu?

– Eh ben! dis donc ma vieille, s'exclame Cassandre, tu ne me feras pas croire qu'il n'y a pas eu de révolution écologique chez toi?

– Euh!...

– Quand les écolos ont tenté de renverser le gouvernement, on n'a pas instauré le couvre-feu chez toi?

– ... Non.

Les enfants n'en reviennent pas.

– Incroyable! Un peu plus et tu vas me dire qu'il n'y a pas de pollution chez toi, que les automobiles peuvent circuler après sept heures du soir et que vous n'avez pas besoin d'aérateur pour purifier l'air dans vos maisons?

Mireille se tourne vers l'énorme éventail derrière elle.

– C'est ça, un aérateur?

Les trois enfants éclatent de rire. Ce n'est pas possible! «Elle se moque de nous depuis le début!» pensent-ils. Raphaël, les larmes aux yeux, finit par dire:

– Tu nous as bien eus, espèce de rigolote. Tu es mirobolante!

Mireille profite de leur bonne humeur pour se présenter:

– Je m'appelle Mireille d'Anjou.

Les enfants se taisent, surpris.

– Comme le professeur?

– Oui.

– C'est une autre farce?

– Non.

Ses compagnons la regardent en silence.

– Voulez-vous m'aider à convaincre le docteur Garon, Goglu, à me donner le remède? demande Mireille, avec une toute petite voix.

Chapitre 6

Goglu

Le lendemain, Mireille est la dernière à se réveiller. Elle a dormi avec Cassandre sur un simple matelas déposé par terre. Dès qu'elle ouvre les yeux, elle constate que la scène de mer a fait place à une belle forêt trouée de rayons de soleil. C'est magnifique!

Raphaël lui offre un verre de lait et un croissant.

«Il n'est pas frais de ce matin, mais il est bon. À la cafétéria de l'université, on peut toujours trouver quelque chose à manger pour le petit déjeuner. Personne ne s'aperçoit jamais de rien. On s'y rend la nuit, en passant par les réchauds.»

Mireille engouffre le croissant avec un appétit d'ogre car elle n'a rien mangé depuis au moins seize heures. Puis elle voit Julien se pavaner avec son coton ouaté. Elle fronce un peu les sourcils, pas très contente que l'on s'approprie ses affaires sans lui en demander la permission. Mais Julien, avec son grand sourire, a le don de se faire pardonner n'importe quoi.

– Où as-tu pris ça?

Étirant le chandail pour mieux voir la photo qui y est imprimée, il ajoute:

– On ne trouve plus nulle part de souvenirs de ce groupe. Moi, je le connais parce que je passe des heures, le soir, dans la vidéo-phonothèque de l'université.

Devant l'admiration de Julien pour son chandail, Mireille ne peut s'empêcher de s'émouvoir.

– Tu le veux?

– Vraiment? Sans farce?

Mireille acquiesce.

– Wow! Mireille, tu es la fille la plus mirobolante que je connaisse!

Le petit garçon vient poser deux baisers collants de confiture sur les joues de sa nouvelle amie et se retire dans un coin avec le fameux gilet. Inquiète, Mireille le voit s'emparer d'une paire de ciseaux, mais Raphaël détourne son attention.

– Je vais essayer de parler à Goglu, ce soir. Mais je ne te promets rien. Il n'est vraiment pas sympathique, tu sais!

Cassandre est effrayée par le projet de son frère.

– C'est risqué, Raphaël! Et s'il te dénonce?

– Ne t'inquiète pas, Cassandre. Je connais toutes les cachettes de la ville.

– Je n'aime pas ça, répète Cassandre, lançant un regard plein de reproches à Mireille.

Le soleil commence à s'infiltrer dans le repère des enfants.

– Bon, ce n'est pas tout ça. Il faut camoufler notre présence, le concierge va arriver bientôt. Aidez-moi, ordonne Cassandre. Julien, on a besoin de toi!

Le petit frère arrive et Mireille sursaute à la vue de son gilet troué de plusieurs losanges.

– Il est beau, hein! lance Julien, ravi.

– Euh!... très beau, murmure Mireille, sans conviction.

Cassandre roule son matelas et le transporte dans un petit réduit dissimulé derrière l'écran maintenant éteint.

– Apporte tes affaires, dit-elle à Mireille qui s'exécute.

Raphaël replace le mur qui, s'harmonisant parfaitement au reste de la cave, ne laisse aucunement deviner qu'il cache un placard. D'ailleurs, dans la cave, il n'y a plus trace d'habitation. Même le fauteuil, déshabillé de sa jolie housse, ressemble à n'importe quel vieux meuble abandonné, oublié de tous. Mireille sourit de l'ingéniosité de ses nouveaux copains qui ont même su se débarrasser des rats grâce à des pièges très sophistiqués et bien dissimulés, qui éloignent la vermine sans la blesser.

«Enfin de l'air!» savoure Mireille en se retrouvant à l'extérieur. Même si elle doit porter un masque, la caresse du vent et la chaleur du soleil lui font du bien après cette première nuit dans la cave humide. Les enfants se sont mêlés aux étudiants et aux travailleurs; Mireille ne peut s'empêcher de sourire en observant les habits inhabituels. Les filles et les garçons sont vêtus de façon assez semblable et très colorée. Presque tous ont les cheveux courts.

«Il s'agit de ne pas nous faire surprendre par les vigiles, dit Raphaël. Je ne sais pas si chez toi ça se passe comme ça, mais ici, ils ramassent tous les enfants qui ne sont pas à l'école.»

Voyant la mine inquiète de Mireille, il ajoute:

– Mais n'aie pas peur. S'ils nous repèrent, tu n'as qu'à me suivre. Cassandre et Julien sont très capables de se débrouiller tout seuls.

– Si tu penses qu'ils vont réussir à m'attraper un jour! Ils peuvent aller se laver, ces espèces de bouffailleurs!

Mireille rit de l'expression de Cassandre.

– Il faut trouver notre repas de ce midi, reprend Raphaël.

– Elle n'est pas habituée, dit Cassandre, en pointant Mireille de la tête. On risque de se faire prendre.

Mireille, gênée de mettre en danger ses nouveaux amis, fouille dans ses poches et sort un billet de cinq dollars.

– J'ai un peu d'argent si ça peut vous aider...

Raphaël prend le billet. Il est un peu déçu.

– On ne trouvera pas grand-chose à ce prix-là, mais c'est mieux que rien.

Mireille cherche au fond d'une autre poche et y trouve deux billets de un dollar.

– J'ai encore ça. C'est tout ce qui me reste, le voyage jusqu'ici a coûté très cher.

– Wow! s'écrie Cassandre, arrachant les billets de la main de Mireille. Ça fait au moins seize ans qu'il n'y en a plus en circulation. Je n'en avais même jamais vus!

Raphaël prend les billets à son tour, intéressé.

– Je sais ce qu'on va faire!

Un peu plus tard, les trois enfants sortent d'une boutique spécialisée dans la collection de la monnaie, avec en poche deux billets de dix dollars.

– Avec ça, s'exclame Cassandre, on est

bons pour la bouffe de la journée! Maintenant, on est libres jusqu'à ce soir! Et elle en saute de joie par-dessus une borne-fontaine, aussitôt imitée par ses compagnons.

Les enfants passent une agréable journée à courir dans les rues et les parcs. Ils font visiter mille lieux insolites à Mireille, dont une petite église qu'un millionnaire imprégné de spiritualité a fait ériger au milieu d'un parc de bouleaux blancs. La particularité de ce temple, c'est qu'il est universel et renferme les statues de tous les grands prophètes du monde, de Jésus-Christ à Bouddha en passant par Allah. Mireille, pour garder des souvenirs de ce voyage extraordinaire, n'oublie pas de prendre de nombreuses photos.

Tout le long de l'après-midi, l'insouciance accompagne nos quatre amis qui doivent cependant, à quelques reprises, se cacher des policiers. Ce n'est que lorsque la noirceur tombe qu'ils regagnent l'université.

Tout en surveillant le départ des étudiants, Raphaël donne ses ordres:

– Cassandre, ramène Julien et Mireille à l'intérieur. Moi, je vais suivre Goglu.

– J'y vais avec toi, déclare Mireille.

– Non, c'est trop dangereux, le soir.

– C'est ma mission, affirme Mireille, butée. Et puis à deux, si on se fait surprendre, on pourra faire diversion. De toute façon, même si tu ne veux pas, j'y vais!

Cassandre et Julien sont donc rentrés seuls. Dissimulés derrière un gros arbre, Mireille et Raphaël voient Goglu sortir de l'université. C'est un homme dans la quarantaine, assez grand, plutôt maigre et aux yeux sournois. Il passe tout près des enfants et Mireille ne peut s'empêcher de trembler.

– Je ne sais pas pourquoi, mais cet homme me fait peur!

– Viens, ordonne Raphaël pour toute réponse.

Ils suivent le chercheur jusqu'à sa maison. Absorbé dans ses pensées, il ne s'est aperçu de rien. Les enfants vont se poster près d'une fenêtre donnant sur un salon. Ils voient Goglu enlever son veston.

– Attends-moi ici, dit Raphaël.

Le garçon va sonner à la porte et Mireille, toujours à la fenêtre, assiste à son entrée. Elle ne peut entendre la conversation mais elle comprend, à ses gestes impatients, que l'homme est réticent. La fillette promène son regard dans la pièce et découvre, estomaquée, son livre d'histoire posé sur une petite table. C'était donc Goglu, le mystérieux visiteur dans le bureau du professeur D'Anjou! Qu'est-ce que ça veut dire? Ses questions sont interrompues par un Raphaël surexcité qui bondit près d'elle.

– Vite, filons. Il appelle les vigiles!

Les deux enfants s'éloignent en quatrième vitesse dans la nuit pendant que déjà, au loin, on entend les sirènes des policiers.

Chapitre 7

Double vue

De retour à l'abri, les enfants entourent Mireille. Elle leur parle du livre volé puis exprime son désir de visiter le bureau de Mireille D'Anjou.

– Rien de plus facile, s'écrie Raphaël. Il s'agit de couper le système d'alarme central et tout ira bien. Je connais tous les codes des portes. Viens.

– Nous, on va à la vidéothèque, annonce Cassandre. Julien a déniché un vieux film qui m'a l'air passionnant.

Mireille et Raphaël, après avoir parcouru de longs couloirs qui s'illuminent d'eux-mêmes sur leur passage, arrivent enfin devant la porte du bureau de Mireille D'Anjou.

– Il n'y a pas de poignée!

Raphaël regarde Mireille, incrédule.

– Ah! Ah! très drôle!

Se tournant vers la porte, le garçon murmure:

– Vire-vent!

On entend un déclic et la porte s'ouvre d'elle-même.

– Génial! s'exclame Mireille.

– Ben, ma vieille, d'où tu sors, toi? On dirait que c'est la première fois que tu vois une porte codée?

Mireille se mord les lèvres.

– C'est une blague, dit-elle en détournant le regard.

Mireille entre dans le bureau bien rangé. Sur le mur de droite, elle découvre une photo de ses parents et d'elle, à son âge actuel. Raphaël reste immobile devant le cliché.

– Mais c'est toi!

Mireille, très mal à l'aise, a bien envie de tout lui raconter! Mais elle se souvient à temps du livre de son grand-père. Dans l'histoire, la petite fille devait absolument garder le secret de peur de changer le cours du temps, de provoquer des catastrophes et même de faire disparaître des gens.

– C'est vrai qu'elle me ressemble beaucoup, répond-elle tout simplement.

– En plus elle porte le même nom que toi, c'est incroyable!

Raphaël regarde Mireille d'un air bizarre. Pour ne pas se trahir, elle se détourne vers la cheminée. Elle y remarque quelques papiers à moitié consumés. Mue par son instinct, la fillette retire les feuilles de l'âtre. Elle peut y lire quelques symboles chimiques et la fin d'un mot scientifique «...cytine ». Mireille se creuse la tête pour comprendre mais n'y arrive pas avec ces indices incomplets. Raphaël, calé en chimie, essaie de l'aider. Il s'est servi de nombreuses fois du laboratoire de l'université mais lui aussi manque de données.

— Et si c'était la formule du fameux remède? propose timidement Mireille

— Qu'est-ce qu'elle ferait dans le bureau du professeur D'Anjou?

Mireille ne sait pas.

— Il faudrait que je la rencontre, affirmet-elle. Je suis sûre qu'elle pourrait m'aider.

— On ne l'a pas vue depuis trois mois.

— Ah oui?

— Je n'ai aucune idée où elle peut bien être.

— Moi, je sais! annonce Mireille, tout excitée.

Mais son enthousiasme tombe bien vite car un problème se pose.

— Zut! Je n'ai plus d'argent pour retourner chez moi.

Résolue, Mireille ne se laisse pas abattre pour si peu. «Je trouverai bien une solution», se dit-elle, en marchant de long en large dans la petite pièce, touchant au passage les différents objets posés sur le bureau et les étagères. Elle effleure du doigt les reliures des livres bien rangés sur les tablettes. Soudain, son regard s'éclaire en retrouvant son grand livre d'archéologie. «Tout à coup...?» Fébrilement, elle ouvre le volume, glisse ses doigts sous la reliure et en retire un billet de cinquante dollars.

— Formidable! Décidément, rien ne change!

Raphaël regarde sa compagne, les yeux ronds.

— Eh ben! dis donc! Tu as le don de double vue, toi!

Mireille lui sourit.

— Ce doit être ça.

Chapitre 8

Mireille et Mireille

Mireille endosse son sac à dos une nouvelle fois.

– J'y vais avec toi.

– Je ne peux pas t'amener, Julien. Il faut ménager l'argent. Mais je te promets de revenir bien vite.

– Je vais continuer de m'occuper de Goglu, promet Raphaël.

– Prends garde de ne pas te laisser attraper, Mireille, recommande Cassandre en embrassant la fillette, maintenant devenue son amie.

Le voyage se déroule sans problème. À la tombée du jour, cachée derrière une haie, Mireille observe la maison de son grand-père. Une auto arrive, se stationne tout près de la fillette et Virgile en descend. Il entre dans la maison. Lorsque, quelques minutes plus tard, le véhicule redémarre avec les parents de Mireille à bord, ils ne se doutent pas qu'ils transportent une passagère de plus, cachée sous la housse des bagages.

La voiture tourne bientôt dans l'entrée d'un hôpital. Les parents descendent et Mireille ne les perd pas de vue. Ils entrent dans le bâtiment et Mireille les suit. Elle est arrêtée tout de suite par une gardienne de sécurité qui lui demande ce qu'elle vient faire.

– J'accompagne mes parents, répond Mireille, en pointant le couple qui continue son chemin sans se douter de rien.

– Ça va.

Mireille hâte le pas pour rejoindre ses parents. Dissimulée derrière son sac à dos, elle s'engouffre dans le même ascenseur qu'eux. Préoccupés, ils ne lui jettent pas un regard.

Au deuxième étage, les parents pénètrent dans une chambre. Mireille s'approche prudemment et, par l'entrebâillement de la porte, aperçoit une jeune fille assise dans un lit, un pansement autour de la tête. Un médecin quitte son chevet et se dirige vers la porte, suivi par Virgile. Mireille se glisse dans un recoin du couloir d'où elle peut suivre la conversation des deux hommes.

– Trois mois, docteur, trois mois sans aucun changement!

– Elle a subi un grave accident. Vous avez vu sa voiture, c'est déjà un vrai miracle qu'elle ait survécu!

– Oui, mais dans quel état! Sans aucune mémoire. Elle ne nous reconnaît plus, elle ne sait même plus son nom! C'est affreux!

– Je sais, monsieur D'Anjou. Physiquement, elle est hors de danger. Pour le reste, il faut de la patience, c'est une question de temps.

– Si l'amnésie a été provoquée par un choc, croyez-vous qu'un autre choc pourrait la guérir?

– C'est possible, mais ça se produit plus souvent dans les films que dans la réalité. Non, monsieur D'Anjou, soyez patient, avec un peu de chance, tout devrait rentrer dans l'ordre. D'ici quelques temps, vous retrouverez votre Mireille d'avant.

Les deux hommes se quittent. Virgile retourne dans la chambre et le médecin passe devant Mireille qui, en reculant pour se dissimuler, pousse une porte et se retrouve dans une petite salle de réunion. Au fond, il y a une cabine de projection de films. Constatant que la porte se verrouille à l'ancienne, Mireille s'y réfugie et tourne la clef à double tour. Puis elle se recroqueville dans un coin pour réfléchir.

Le temps a passé. La nuit s'est installée et la plupart des patients dorment. Mireille aussi, au fond de sa cachette. Au matin, elle se réveille en sursaut et bondit en s'apercevant qu'il est déjà huit heures. Elle se faufile dans le couloir désert et s'approche de la chambre de son double. Elle entrouvre la porte et découvre la jeune femme pleurant sans bruit. Elle tourne le regard vers la fillette et l'examine, surprise. Elle fronce les yeux, essaie de se souvenir. «Un choc, pense Mireille. Le médecin a dit qu'un choc pourrait peut-être aider à la sortir de son amnésie. Hé bien, ma vieille, tu vas en avoir tout un!»

— Tu ne me reconnais pas, Mireille? lance-t-elle à son double. Je suis toi, plus jeune!

La jeune femme ouvre de grands yeux. Sa main s'approche de la sonnette d'alarme mais Mireille la lui saisit fermement.

— Écoute, Mireille. La machine à voyager dans le temps, la maladie de grand-père, le livre d'histoire écrit par lui, ça ne te dit rien?

La malade la regarde, de plus en plus étonnée; les paroles de la fillette n'éveillent aucun souvenir en elle. Mireille est un peu désespérée mais elle continue vaillamment.

— Le remède, Mireille, le remède pour sauver grand-père! Je suis venue le chercher, il faut que tu m'aides, sinon il va mourir. Mireille, souviens-toi, je t'en supplie!

La fillette pleure de dépit devant son impuissance à faire renaître la mémoire chez son double.

– Je ne comprends pas, murmure la patiente, qu'est-ce que tu me veux?

La jeune femme se laisse retomber sur son oreiller, épuisée, et des larmes coulent à nouveau sur ses joues. Mireille se tait, à bout d'imagination. C'est alors que ses doigts crispés au fond d'une de ses poches entrent en contact avec le cristal. Les yeux de l'enfant s'illuminent. Elle sort vivement la pierre et la dépose au creux de la main de son double adulte.

– Regarde, Mireille, le cristal. Le cristal qui fait démarrer la machine!

La jeune femme manipule le cristal et le fait tourner devant ses yeux. Concentrée, la sueur au front, elle essaie de retrouver à travers l'éclat du prisme toute sa vie antérieure.

– ... Ah! crie soudain la malade. Mon Dieu, la machine. Le livre de grand-père!

Elle se tourne rapidement vers Mireille, un grand sourire au milieu de ses larmes.

– La machine existe vraiment?

– La preuve, affirme Mireille dans une pirouette, je suis là, non?

– C'est incroyable! Je rêve. Je vais me réveiller.

Elle ferme les yeux, les ouvre aussitôt et découvre Mireille tout près d'elle.

– Coucou!

– Je n'en reviens pas...

– Le remède, Mireille. Aide-moi à le trouver sinon grand-père va mourir.

La jeune femme se sent soudain très lasse.

– Mon Dieu! le remède. Deux années de travail en me disant qu'il aurait pu sauver grand-père. J'ai finalement trouvé. C'était merveilleux! Mais il était si tard, j'étais si fatiguée! J'ai complètement oublié la route et je me suis retrouvée ici.

– Est-ce que tu viens de dire que c'est toi qui as trouvé le remède?

– Oui, juste avant l'accident.

– Mais que vient faire Goglu, dans tout ça?

– Goglu?

– Euh! le docteur Garon.

– C'est mon directeur de thèse, pourquoi?

– Il se déclare le découveur du remède!

– Quoi!... Ah! le dégoûtant! Il a profité de mon état pour s'emparer de ma découverte. Et moi qui croyais qu'il était mon ami.

La jeune femme s'étend, épuisée par tant d'émotions.

– T'en fais pas, ma vieille, je vais tout arranger, tu vas voir!

Le double se tourne vers la fillette et lui sourit tristement. Elle ne voit vraiment pas comment une si petite fille pourrait renverser une telle situation. Elle lui tend le cristal que Mireille cache de nouveau au fond de sa poche, juste au moment où la porte s'ouvre sur la mère de Mireille, accompagnée d'une grosse infirmière. Madame D'Anjou, découvrant la fillette, lâche un cri et s'évanouit. Mireille, un moment décontenancée, profite de la confusion pour se ruer hors de la chambre.

Elle quitte l'hôpital, sans daigner répondre à l'appel de la gardienne du rez-de-chaussée qui lui demande où sont passés ses parents. Ce n'est qu'au bout du stationnement que Mireille respire enfin. Elle est si énervée qu'elle éclate d'un grand rire qui la soulage et fait tourner la tête d'un patient qui roulait, dans son fauteuil, vers l'entrée de l'hôpital. Comme le rire de la fillette est communicatif, le vieil homme ouvre la bouche en un grand sourire édenté.

Chapitre 9

Une catastrophe

Mireille monte dans l'autobus qui doit la ramener auprès de ses amis. Elle présente son billet au chauffeur qui la regarde d'un air soupçonneux.

– Tu voyages seule?

– Non, ma mère est déjà montée.

Elle prend soin de s'asseoir près d'une femme, tout en adressant un grand sourire au chauffeur, encore un peu méfiant, qui vérifie si elle est bien accompagnée.

Le voyage se passe de façon paisible et la nuit est déjà tombée lorsque l'autocar s'arrête un moment pour laisser descendre quelques passagers. Le chauffeur, à l'extérieur, s'occupe des bagages. Il aperçoit Mireille qui s'éloigne rapidement. Levant la tête, l'homme voit la présumée mère qui jette un vague regard à l'extérieur; il comprend qu'il s'est fait rouler.

Mireille murmure le code et la porte du sousbassement de l'université s'ouvre. Cassandre vient à sa rencontre.

– Ah! c'est toi, lance-t-elle, déçue. Je croyais que c'était Raphaël.

Mireille est un peu vexée de l'accueil de Cassandre, à qui elle avait tant de choses à raconter.

– Qu'est-ce qui se passe?

– Raphaël et Julien ne sont pas rentrés. Ils sont partis très tôt pour essayer encore une fois de convaincre Goglu. Je suis très inquiète, Mireille!

– On part à leur recherche. Tu viens?

Les deux amies se glissent avec précaution sur le parterre de la maison de Goglu. Elles regardent par les fenêtres, contournent la maison. Rien. Pas de trace des garçons. Découragées, elles reviennent sur leurs pas et s'engagent dans un grand parc où des jets d'eau phosphorescente jaillissent de petites fontaines entourées de cailloux lisses et bleutés. Des structures de toutes sortes sont érigées un peu partout pour que les enfants s'amusent à y grimper. Un pont de corde survole une petite forêt vierge et des balançoires à l'ancienne entourent ce joli parc pour enfants bien gardés.

Mireille, admirant le terrain de jeu, oublie sa mission, mais Cassandre, lui saisissant le bras, la lui rappelle: «As-tu entendu?» Mireille tend l'oreille et perçoit le grincement mélancolique d'une balançoire. Prudemment, les filles s'approchent du bruit. Elles découvrent Raphaël, assis sur une balançoire, seul et déprimé.

– Raphaël!

Le garçon lève les yeux et c'est à peine s'il a un soupçon de joie à la vue de Mireille.

– Raphaël, où est Julien?

Le garçon se tourne vers sa sœur, l'air désespéré.

– Il s'est fait prendre! Je n'ai rien pu faire.

– Ah! non, s'exclament les fillettes d'une même voix.

– C'est ce Goglu de malheur qui a donné l'alerte!

– L'imposteur! dit Mireille, révoltée. Il a volé ma découverte, euh!... la découverte de Mireille D'Anjou.

Raphaël et Cassandre regardent la fillette mais leur préoccupation pour Julien est si forte qu'ils laissent tomber leurs interrogations.

– Ils l'ont amené à la «Pension des mouettes». J'aurais jamais dû les laisser faire! grogne Raphaël en donnant un élan rageur à la balançoire qui virevolte un moment.

– On sait où il est, dit Cassandre, c'est toujours ça de pris.

– On pourrait peut-être essayer de le délivrer, suggère Mireille, plus ou moins convaincue.

– Comment? se demande Cassandre.

– Il y a encore un gardien de nuit dans cette maison, dit Raphaël, c'est plus difficile à détraquer qu'un système électronique...

Les enfants se taisent, à court d'idées. Au bout d'un moment, Raphaël soulève son chandail et en sort le fameux livre qu'il tend à Mireille.

– Tiens, c'est à toi. Je trouve que tu ressembles beaucoup à la petite fille du conte, enfin qu'elle devait te ressembler, plus jeune.

– Tu trouves? dit Mireille, embarrassée.

Mais Raphaël n'a pas le temps de répondre. Cassandre, tout excitée, s'exclame:

– Je sais comment le délivrer!

Chapitre 10

Expédition de nuit

Dans le laboratoire de l'université, Cassandre, comme une véritable chimiste, fabrique une petite bombe lacrymogène. L'engin lui servira à éloigner un moment le gardien pour pouvoir s'introduire dans le bâtiment avec Raphaël et Mireille. Sa silhouette se découpe bizarrement dans la grande pièce à peine éclairée; on dirait un vieux devin penché sur des formules magiques.

De son côté, Raphaël montre à Mireille comment se servir d'un pistolet à rayon laser pour découper sans bruit la fenêtre du dortoir. Mireille admire l'intelligence de ses camarades. Ils n'ont pas perdu leur temps dans cette université qu'ils connaissent dans ses moindres recoins et dont la somme fabuleuse d'enseignement est à leur portée toute l'année. «Il va falloir que je m'y mette sérieusement en revenant, si je veux devenir assez savante pour inventer le remède de grand-père!»

La petite équipe se rend à l'institution de pierres grises et froides, «la pension des mouettes en cage» comme l'appelle Raphaël.

– Pourvu qu'on réussisse! gémit Cassandre. Les enfants sont vite reconditionnés dans ces endroits. Dans quelques jours, Julien ne s'ennuiera même plus de nous. Il se sentira tout à fait à son aise à la pension.

– Vraiment? s'étonne Mireille.

– Les maîtres sont très persuasifs, précise Raphaël. Tout se fait en douceur mais on n'a aucune chance de rester soi-même. C'est pour éviter la délinquance, qu'ils disent.

– Affreux! s'exclame Mireille.

Raphaël la regarde, étonné une fois de plus.

– Mais d'où tu sors? On dirait que tu as toujours vécu sur une autre planète! Il faudra me montrer ce paradis terrestre.

Mais Cassandre sauve Mireille en s'impatientant:

– Bon, on y va ou on n'y va pas?

– Je m'occupe du gardien, déclare Raphaël. N'oublie pas, Mireille, dès que tu me vois à la fenêtre, tu comptes jusqu'à trois et tu commences à la découper.

– D'accord.

Les fillettes se sont postées au bas des fenêtres du côté nord pendant que Raphaël, prenant une grande respiration, sonne à la porte. Il trépigne, nerveux. Le gardien se montre enfin et le garçon le bouscule pour s'élancer dans le bâtiment en criant:

– Il y a le feu au sous-sol! Il y a le feu au sous-sol!

Courant jusqu'aux escaliers, Raphaël réussit à jeter sa bombe au soubassement avant de grimper à l'étage. Le concierge, apercevant la fumée assez dense venant d'en bas, se hâte de décrocher un extincteur avant de se ruer vers le sous-sol.

De son côté, Raphaël trouve facilement le chemin du dortoir. Il y entre en trombe.

– Julien! crie-t-il.

Une dizaine de têtes, aux regards lourds de sommeil, émergent des petits lits douillets. Julien n'est pas parmi eux. Raphaël repère le lit vide de son frère, dont le nom est inscrit sur une pancarte. Il hésite, ne sachant plus que faire, et finit par secouer un peu le voisin de Julien.

– Où est mon frère?

L'enfant hausse les épaules, ignorant.

– C'est trop bête, j'étais si près du but. Je ne reverrai jamais Julien, se lamente Raphaël.

– Je sais où il est, moi, dit une voix toute menue.

Raphaël se retourne et découvre une petite fille blonde aux grands yeux bleus.

– Un ange, pense Raphaël.

Mais l'ange a déjà quitté son lit et marche vers la porte du dortoir.

– Tu veux que je te montre?

Raphaël sort de son hébétude et rejoint la fillette dans le couloir. Hélas! le concierge a découvert le stratagème et monte à l'étage. Raphaël, penché au-dessus de la rampe, le voit venir. Que faire? Il se tourne vers la petite fille mais elle a disparu!

– Par ici, l'entend-il dire.

Il l'aperçoit près d'une petite porte percée dans le mur et servant de chute à linge. Elle enjambe l'orifice et disparaît. Raphaël hésite un peu mais l'arrivée imminente du gardien lui donne des ailes. Il s'élance vers l'ouverture qu'il franchit avec difficulté, à cause de sa taille. Il réussit à s'échapper mais le concierge, essoufflé, débouche dans le couloir juste à temps pour assister à sa fuite. Il redescend aussitôt.

Dans la cave, une pile de linge sale amortit la chute de Raphaël. La fillette, elle, s'est déjà mise à la recherche du petit frère.

– Julien, c'est moi, Nadine. Julien?

Le petit garçon, caché au fond d'une corbeille, sous une pile de draps, finit par se montrer.

– Raphaël! s'exclame-t-il, joyeux.

Mais le temps n'est pas aux effusions de tendresse. La fillette a déjà ouvert la lourde porte de la cave.

– Vite! Cachez-vous sous l'escalier.

Raphaël et Julien se précipitent vers la cachette juste au moment où le concierge apparaît. Nadine, sur le pas de la porte de la cave, se met alors à hurler.

– Il y a plein de bruit, là-dedans! Je suis certaine qu'il y a des gros rats! Hou! Hou!

– Je sais de quelle sorte de rat il s'agit, moi, répond le gardien, agressif.

Bousculant la fillette, il se précipite dans la cave. Nadine s'empresse de refermer la vieille porte sur lui et tourne la clef à double tour.

Dehors, les filles sont toujours à leur poste. Elles sont surprises en voyant surgir les trois enfants, non pas à la fenêtre, mais tout près d'elles. Pourtant, c'est Julien le plus étonné: «Qu'est-ce que vous faites là?» Mais il ne faut pas s'attarder, les explications seront pour plus tard. Prenant leurs jambes à leur cou, ils s'éloignent vers des lieux moins hostiles.

Enfin à l'abri dans leur chère université, les enfants, à bout de souffle, se laissent tomber sur les matelas. Ce n'est qu'alors qu'ils s'aperçoivent de la présence de Nadine.

– Qu'est-ce qu'elle fait ici, celle-là? demande Cassandre.

– C'est Nadine, répond Julien sur la défensive. Elle nous a sauvés; maintenant, elle fait partie de la famille!

– Voyez-vous ça, le taquine sa sœur. Trouves-tu qu'elle est mignonne, Mireille?

– À croquer, acquiesce Mireille en ébouriffant les cheveux de Julien, vexé que l'on perce si facilement ses sentiments.

Les enfants sont si fatigués qu'ils sont tous pris d'un fou rire. Puis le silence se réinstalle et Mireille, lentement, sent monter en elle un gros cafard.

– Ça ne va pas, Mireille? demande Raphaël.

– J'ai peur pour mon grand-père, avoue la fillette. Il était déjà si faible quand je suis partie.

– Je te promets que tu l'auras bientôt, ton remède.

Raphaël passe son bras autour des épaules de la fillette et celle-ci savoure, en silence, ce geste tendre qui l'apaise.

Chapitre 11

Le remède

— Réveille-toi, Mireille, réveille-toi, dit Raphaël en la secouant.

Elle ouvre les yeux, un peu perdue, puis se redresse lentement.

— Regarde, ajoute-t-il en lui fichant un journal devant les yeux.

Mireille se frotte les paupières et parvient à lire l'entrefilet qu'il lui indique du doigt.

«Cet après-midi, à quatorze heures trente, dans l'amphithéâtre de l'Université de Daveluy, le docteur Étienne Garon donnera une conférence pour annoncer publiquement sa découverte de l'hémicytine, remède qui permettra de sauver les malades atteint d'hémocytopénie, cette affection rébarbative à tous les traitements. Le docteur Garon apportera des échantillons de la fameuse médication pour en faire la démonstration sur des rats, dont le métabolisme réagit plus rapidement que celui des humains... »

Mireille lève les yeux vers Raphaël. Le garçon affiche un grand sourire et ses yeux brillent de malice.

Quatorze heures trente. Mireille se présente à l'amphithéâtre transformé en studio de télévision. Forte de sa dernière expérience à bord de l'autobus, elle utilise le même stratagème en faisant semblant, cette fois, d'accompagner son père. Elle repère un homme qu'elle désigne au gardien et va s'asseoir près de lui.

Le docteur Garon est presque aussitôt présenté par le proviseur de l'université. La conférence suit, dans un jargon savant que Mireille n'arrive pas à saisir très bien malgré ses notions d'anatomie et de chimie. Son attention est perturbée par la colère qu'elle éprouve contre cet imposteur; elle sent la moutarde lui monter au nez. Goglu inocule enfin son fameux remède à un vieux rat qui peut à peine bouger tant il est faible. Le résultat est spectaculaire: au bout de dix minutes, la bête se redresse sur ses pattes et réussit à se déplacer jusqu'aux aliments déposés dans un coin de sa cage. Il mange avec bon appétit sous les murmures des spectateurs admiratifs. Le jeune savant, ravi de sa performance, est cependant vite déconfit par l'intervention de Mireille qui bondit de sa chaise en criant:

– Imposteur! Tu as volé la découverte du professeur Mireille D'Anjou. Tu n'es qu'un sale voleur! Tu as profité de son accident et de son amnésie pour la dépouiller. Tricheur!

Les spectateurs, surpris des déclarations de la fillette, attendent les explications du savant. Celui-ci est décontenancé, il ne s'attendait pas à cette attaque et n'arrive pas à riposter ni à se défendre. Il se met à bégayer tout en riant faux:

– Euh! Euh!... Qui a permis à cette gamine d'entrer? C'est... c'est un coup mon... monté! Mesdames et mes... messieurs, vous n'allez pas pas croi... croire un enfant?

Goglu recule d'un pas sous les huées de l'assemblée. Son attitude coupable l'a condamné. Raphaël, caché dans les coulisses depuis le début de la conférence, profite de la confusion et des éclairs engendrés par les caméras pour bondir sur la scène et s'emparer d'un flacon de remède laissé près de la cage du rat. Le garçon est si vif que personne, à part Mireille, ne s'aperçoit de son geste. La fillette sort rapidement de la salle pour rejoindre son ami, laissant Goglu aux mains des spectateurs offusqués.

Le lendemain, c'est le scandale dans tous les journaux. Le professeur Mireille D'Anjou a été retrouvée, dans son hôpital, et l'on peut voir sa photo en première page. Elle semble en forme et sourit. Mireille est ravie du déroulement des événements mais elle est triste de devoir quitter définitivement ses amis pour retourner à son époque. Le plus difficile, c'est de ne rien leur révéler. Les enfants espèrent tous la revoir un jour et Mireille a le cœur qui chavire en croisant le regard si doux de Raphaël. Les larmes coulent sur les visages des enfants réunis dans le sous-sol de l'université. Même Nadine, qui ne connaît pas beaucoup Mireille, imite ses nouveaux amis, tout en s'accrochant à la main de Julien. Les deux petits, devenus inséparables, sont touchants. Mireille embrasse tout le monde sans oublier de prendre en photos tous ses amis du futur.

— Tu as assez d'argent? demande Cassandre.

— Pas besoin, Mireille D'Anjou a réservé mon billet.

— Je vais te reconduire à l'autocar, déclare Raphaël.

— Non, supplie Mireille, je préfère être seule. Je déteste les départs. C'est trop triste. S'il te plaît, Raphaël, quittons-nous ici.

Le garçon baisse les yeux, ému. Mireille lui donne un baiser d'adieu.

Revenue à Québec, Mireille fait un détour par l'hôpital. Il lui faut absolument revoir son double avant de regagner son époque. Elle parvient sans difficulté à la chambre du professeur D'Anjou. Heureusement, celle-ci est seule. La jeune femme boucle sa valise car elle quitte l'hôpital pour terminer sa convalescence chez sa mère.

— Bonjour, lance joyeusement Mireille, en prenant une photo de son double.

Le professeur cligne des yeux vers la fillette, ravie de sa visite.

— C'est toi, coquine!

— Comment vas-tu?

— Très bien, comme tu vois.

— Je t'avais bien dit que j'arrangerais les choses.

— J'aurais dû te croire. Après tout, je devrais te connaître mieux, n'est-ce pas?

Les deux filles se mettent à rire et le même éclat cristallin s'élève dans la chambre. Mais Mireille redevient sérieuse et, sortant le remède de sa poche, elle s'adresse à son double.

— Dis-moi comment m'en servir pour grand-père.

Son double se tait un moment. L'instant est solennel. Il s'agit de sauver une vie au risque d'influencer le temps. Mais son hésitation est de courte durée.

— Il faut lui injecter, par intra-veineuse, cinq milligrammes de ce remède, à toutes les quatre heures pendant une semaine, et ensuite une fois par jour pour le reste de sa vie.

— Le reste de sa vie! Mais il n'aura jamais assez de médicament!

Le professeur, qui a tout prévu, sort un papier de sa poche.

— Voilà la formule du remède. Donne-la à grand-père, il saura le fabriquer lui-même. Mais il faut me promettre de garder le secret, sinon ça va faire une belle pagaille dans le futur et... j'aimerais bien en garder la découverte, ajoute-t-elle avec un petit sourire gêné.

— Promis, jure Mireille, débordante de joie et surexcitée à la perspective de sauver son grand-père chéri. J'ai une autre faveur à te demander, ajoute-t-elle.

— Laquelle?

— Promets-moi de t'occuper un peu des enfants qui vivent dans le sous-sol de l'université. Je ne voudrais pas qu'on leur cause des ennuis.

— Tu peux compter sur moi, promet le professeur en tendant la main à Mireille.

La fillette approche la sienne et alors se produit un drôle de phénomène: elles ne peuvent se toucher! Comme elles sont la même personne, leurs mains passent au travers l'une de l'autre. D'abord surprises, elles éclatent bientôt d'un grand rire.

Chapitre 13

Le retour

Mireille est de nouveau assise dans l'appareil. Soucieuse, elle regarde la date et hésite avant de repartir. Elle verse même quelques larmes en repensant à ses amis. Mais le souvenir de son grand-père lui redonne courage et Mireille pousse sur la manette du passé. Tout s'embrouille de la même manière que la fois précédente. Elle ferme les yeux, inquiétée soudain par de sinistres craquements. La machine se met à tournoyer d'une manière étourdissante et la fillette ne peut s'empêcher de crier de peur. L'appareil s'immobilise enfin dans un nuage de fumée et de poussière. Mireille, encore terrifiée, se glisse hors de l'appareil et, en entrant dans le grenier sombre, s'aperçoit que la nuit est tombée. Elle revient jeter un coup d'œil au tableau de bord de la machine: c'est le bon jour mais il semble que l'appareil se soit trompé de quelques heures. «Zut! Mon père va s'inquiéter.»

Mireille court vers sa maison pendant que, chez elle, son père fait les cent pas. Il vérifie l'heure, soucieux. Mais sa fille arrive enfin, très sale et froissée. Son père la regarde, étonné.

– Mais d'où viens-tu? Regarde-toi: une clocharde! Tu vas m'expliquer ce que tu as fait aujourd'hui. Le numéro de téléphone que tu m'as donné est celui d'une compagnie de taxi.

– Ah oui? répond Mireille, feignant la surprise.

– Tu as vu l'heure? Minuit et dix! À quoi tu penses, Mireille, de ne pas prévenir? J'étais mort d'inquiétude. Je ne pouvais même pas me renseigner auprès de ta mère pour ne pas lui en mettre plus sur le dos.

– Excuse-moi, dit Mireille en baissant les yeux. Je n'ai pas vu l'heure passer.

– On reparlera de tout ça plus tard. Pour le moment, va faire ta toilette et saute dans ton lit parce que demain tu vas avoir une grosse journée.

– Comment ça?

– Ton grand-père est décédé dans la soirée, Mireille, annonce l'homme doucement.

– Ah non! crie Mireille. Ça ne se peut pas! Dans la revue...»

Mireille se tait. Elle vient de comprendre que le magazine s'est trompé en inscrivant la date du décès de son grand-père et que, maintenant, il n'y a plus rien à faire. Des milliers de larmes se mettent alors à couler sur ses joues, traçant des sillons blancs au travers de la saleté.

– C'est trop bête!

Mireille, évitant son père qui veut la prendre dans ses bras, sort de la maison pour accourir chez son grand-père.

Mireille se jette dans les bras de sa mère étonnée de la voir dans cet état. Mais sa fille a tant de chagrin qu'Hélène se contente de la serrer très fort sans poser de question.

– Ce n'est pas possible, pense Mireille. Je n'ai pas fait tout ça pour rien. C'est trop injuste! Je ne peux pas accepter ça!

Furieuse, elle s'écarte de sa mère pour grimper au grenier. Hélène s'apprête à la suivre mais décide finalement de laisser Mireille retrouver sa quiétude elle-même.

Dans le grenier, la fillette s'est accroupie dans un coin et sa poitrine se soulève sous de gros sanglots. Par la fenêtre, un rayon de lune caresse les cheveux de Mireille, qui lève la tête pour regarder l'astre briller à l'extérieur. Elle cherche un peu de réconfort dans la belle boule si brillante, puis tourne son regard vers la chambre secrète. Soudain, dans ses yeux, une lueur de détermination s'allume.

Mireille tourne autour du véhicule assez amoché. La fillette se demande s'il pourra supporter un autre voyage. Il le faut, se persuade-t-elle en vérifiant si elle a toujours le fameux médicament. Mireille entre à bord de la machine et dépose une fois de plus le cristal dans son emplacement. Jusque-là, tout va bien, les cadrans s'illuminent et Mireille programme la machine pour un retour de cinq ans en arrière. Elle joint ses mains dans une prière, ferme les yeux et pousse la bonne manette. Le véhicule est lent à partir; le voyage se fait plus doucement et le moteur s'arrête soudain au bout de la quatrième année, en hoquetant. Mireille descend et, découragée, regarde le véhicule complètement détraqué. Comment va-t-elle pouvoir rentrer maintenant? Elle pousse un soupir de lassitude et sort dans un grenier pratiquement identique à celui de son départ mais en moins poussiéreux.

Mireille entend des rires à l'extérieur et jette un coup d'œil par la lucarne. Dans la cour, elle aperçoit son grand-père, en pleine forme. Il pousse la balançoire d'une petite fille très gaie, en robe de tulle rose, les cheveux ramassés en une petite queue sur le dessus de la tête. Mireille se reconnaît plus jeune et sourit:

– Ce que je pouvais avoir l'air idiote, habillée comme ça!... Et regardez-moi cette coiffure. On dirait que j'ai un palmier sur la tête. Franchement!

Elle s'attarde à contempler son grand-père. Elle le regarde si intensément que le vieil homme finit par lever la tête vers la lucarne. Il semble un peu étonné mais ses yeux s'illuminent.

– Sois sage, Mireille, dit le vieil homme à la fillette. Je reviens.

Mireille aperçoit soudain son visage tout barbouillé dans le reflet de la vitre. Elle se nettoie rapidement du revers de sa chemise, sans parvenir à être vraiment propre lorsque le grand-père arrive.

– Mon Dieu qu'il est grand! s'étonne Mireille.

Cette dernière année, la maladie a fait fléchir l'homme robuste et Mireille a oublié l'image de son enfance. Le grand-père et sa petite-fille se regardent, un peu gênés.

– Mireille, finit-il par dire, tu grandis en beauté!

Elle lui fait un grand sourire avant de lui sauter au cou.

– Ah! grand-père. Je suis si heureuse de te revoir comme ça, en forme.

– Bien sûr, répond l'homme. Je n'ai que soixante-trois ans! J'ai encore plein d'années devant moi, ma chérie.

Mireille se sépare de son grand-père, l'air soudain triste.

– Non, grand-père, tu n'as pas tellement d'années... mais ne t'en fais pas: j'ai trouvé la solution.

Puis, sortant le flacon de remède et la formule, elle les brandit sous le nez du vieil homme qui sourit étrangément en s'assoyant sur une malle. Il tend les bras à Mireille, qui vient se blottir sur ses genoux.

– Petite fille, tu es incroyable! Tu as réussi à trouver le fameux remède de l'hémocytopénie pernicieuse.

Mireille le regarde, étonné.

– Tu sais, Mireille, je me suis servi de la machine, moi aussi.

– Je sais, j'ai trouvé les revues.

Le grand-père sourit.

– Alors tu ne t'étonneras pas si je te dis que je connais l'existence de ce remède depuis longtemps.

– Mais grand-père, comment se fait-t-il que...

Ce dernier met un doigt sur la bouche de la fillette.

– Je ne veux pas changer le cours de l'histoire. Je n'en ai pas le droit. Et puis les choses sont bien ainsi. Il faut accepter de mourir. Ce n'est pas si grave que ça.

Mireille pleure. Elle a tant de chagrin. Elle se cale au creux de la poitrine de l'homme.

— Mais je ne veux pas que tu meures, grand-père. Pas tout de suite. Je t'aime!

— Moi aussi, je t'aime, Mireille, lui murmure l'homme en berçant la fillette inconsolable.

La nuit est tombée dans le grenier éclairé par un croissant de lune. Mireille, à bout de force, s'est endormie dans un coin. Derrière elle résonnent des bruits d'outils électriques. Elle finit par ouvrir les yeux, l'air un peu égarée. Voyant de la lumière sous le mur secret, elle s'y dirige.

Grand-père a réparé la machine. Il est très content et sourit à sa petite-fille.

— Il n'y a plus de problème, Mireille. Tu vas pouvoir retourner à ton époque.

— Je n'en ai pas tellement envie.

— Viens ici, dit-il en lui tendant les bras.

Mireille court s'y blottir. Un long silence enveloppe le grand-père et sa petite-fille, un silence rempli de tendresse.

— Mireille, finit par murmurer le vieil homme, la mort, c'est dans notre tête. Il y a des gens qui vivent et qui sont déjà morts parce que personne ne pense jamais à eux.

— Moi, je ne t'oublierai jamais, grand-père, promet Mireille.

— Alors, je ne mourrai jamais! dit gaiement l'homme en l'embrassant.

Mireille se retrouve aux commandes de la machine. Son grand-père l'a fait démarrer mais il a gardé le cristal pour que la machine lui revienne dès que Mireille aura réintégré son époque. Il dit que cette invention arrive trop tôt dans l'histoire et qu'elle peut s'avérer dangereuse si elle tombe entre des mains malhonnêtes. Et puisqu'il ne lui reste pas de nombreuses années à vivre, il a décidé d'en profiter au maximum en visitant les mondes futurs.

Malgré ses larmes qui embrouillent tout, Mireille voit, pour une dernière fois, son cher grand-père qui, devant l'appareil, lui envoie un salut de la main. «Il faut repartir, se dit Mireille, je n'ai pas vraiment d'existence à cette époque; mes parents ne pourraient comprendre qu'ils ont soudain deux Mireille, une de sept ans et une de onze ans.»

Dans un soupir, Mireille pousse enfin la manette du futur. Tout va bien. Le véhicule fonce à travers le temps comme sur un nuage et, quelques secondes plus tard, il s'arrête en douceur.

Mireille hésite à quitter l'appareil. Elle sait qu'elle devra affronter la réalité et la mort de son grand-père. Et puis elle est fatiguée. Elle a voyagé plusieurs jours et toutes les péripéties qu'elle a traversées l'ont épuisée. «Rien ne sera plus pareil, pense Mireille. Je saurai toujours des choses que personne ne saura.» Elle réfléchit un moment puis, doucement, un sourire se dessine sur son visage un peu amaigri. Elle vient de songer que, malgré tout, il y a quelque chose de merveilleux dans cette aventure: elle sait qu'un jour, dans quelques années, elle retrouvera ses amis du futur. En attendant, elle pourra toujours regarder les photos qu'elle a prises d'eux.

Ces pensées lui donnent du courage et, bravement, Mireille quitte l'appareil qui disparaît aussitôt. «Il est retourné auprès de grand-père qui vit encore, songe Mireille avec plaisir, dans une autre époque.»

– Bon voyage, grand-père, murmure-t-elle, avant de quitter la chambre secrète. Je ne t'oublierai jamais!

Mireille, doucement, redescend le grand escalier pour affronter la mort qui, déjà, ne lui fait plus aussi peur.

En bas, sa mère l'attend pour la serrer dans ses bras. Pourtant, à sa grande surprise, c'est plutôt Mireille qui la console. Hélène ignore que sa petite fille a grandi énormément ces derniers jours, et qu'il lui tarde, maintenant, de devenir adulte afin de retrouver, au plus tôt, Raphaël, Cassandre, Julien et la petite Nadine.

Épilogue

Quelques mois ont passé depuis l'incroyable aventure de Mireille. Des jours un peu tristes à cause de l'absence de grand-père, mais aussi teintés d'une étrange sagesse chez une fillette de douze ans. Hélène est émerveillée du comportement de sa fille alors qu'en secret, elle avait craint son adolescence qui s'annonçait.

Depuis peu, elles ont emménagé dans la maison de grand-père et Hélène a décidé de transformer le grenier en atelier de peinture. Elle a fait venir des déménageurs pour enlever les vieux meubles qui encombraient la pièce mais Mireille protège la malle remplie des merveilleuses revues qui lui permettent de devancer ses amis sur un tas de sujets.

Cette nuit, il lui a semblé que la terre a tremblé. Elle a même cru voir son grand-père penché sur elle. Pourtant, ce matin, aucun journal ne mentionne de séisme. Elle a sans doute rêvé. Mireille oublie vite ces impressions car aujourd'hui, c'est son anniversaire. Pour l'occasion, son père et sa mère l'invitent dans un grand restaurant. Elle adore sortir avec ses deux parents et se demande encore pourquoi ils vivent séparés puisqu'ils semblent être les meilleurs amis du monde.

Mais aujourd'hui, elle ne veut pas se poser de questions. Pour l'instant, tout ce dont elle a envie, c'est de goûter à la tiédeur de ce rayon de soleil qui traverse la fenêtre et lui caresse la joue. C'est le début d'une nouvelle année et l'hiver s'étend, tout blanc et lumineux.

Mireille se lève et jette un coup d'œil par la fenêtre un peu givrée. Elle se sent si heureuse, ce matin, si calme.

La fillette, à quatre pattes, cherche ses pantoufles. «C'est à croire qu'elles sont vivantes! pense-t-elle. Elles ne sont jamais à la même place que la veille!»

Mireille en retrouve une sous son lit. L'autre, curieusement, s'est hissée sur la vieille malle que Mireille a fait transporter dans sa chambre. Le coffre de grand-père! Mireille a soudain envie de relire les pages de son journal consacrées à son voyage dans le temps. Elle a caché le précieux manuscrit dans le grand coffre, avec les magnifiques photos de ses amis du futur. Elle sourit en pensant à son double dont l'image ne s'est pas impressionnée sur la pellicule, son double qu'elle n'a pu toucher comme s'il ne s'agissait que d'un fantôme ou d'une illusion.

Mireille soulève le couvercle. Près du journal et des revues, elle découvre une chose qui ne s'y trouvait pas la veille: un paquet enveloppé d'un papier holographique dont les dessins changent de nuances et de formes au moindre mouvement.

Le cœur de Mireille bat très fort lorsqu'elle développe ce colis inattendu. À l'intérieur d'une boîte émeraude, elle découvre une reproduction miniature de la machine à voyager dans le temps. Un mot accompagne le magnifique présent:

Chère Mireille,

Je n'ai pas voulu te réveiller, pour ne pas te faire peur; mais j'ai pensé t'offrir, pour ton anniversaire, cette copie, en plus petit, de la machine à voyager dans le temps. J'ai réussi à la mettre au point lors d'un voyage en 2025. En réalité, c'est une boîte aux lettres; tu pourras donc m'écrire autant que tu voudras. Tu n'as qu'à déposer tes lettres dans l'habitacle de la machine, elles me parviendront automatiquement, quelle que soit l'époque où je me trouverai.

*Je te souhaite un merveilleux anniver-
saire, ma chère petite.*

*Ton grand-père
qui ne t'oubliera jamais.*

Mireille n'en revient pas. Ce n'était donc pas un rêve, cette nuit, lorsqu'elle a senti la présence de son grand-père. Et lorsqu'elle a cru que la terre tremblait, c'était sans doute l'arrivée de la machine dans la chambre secrète du grenier. «Oh! grand-père! murmure Mireille. Grand-père! Je t'aime. C'est merveilleux! Juste pour moi, tu ne mourras jamais. Jamais!»

La fillette, ravie et bouleversée à la fois par une si grande chance, serre sur son cœur la petite machine à voyager dans le temps, la messagère unique au monde, capable de foncer dans le temps pour apporter mille et un baisers à un grand-père adoré.

Fin

DANS LA MÊME COLLECTION

Contes pour tous

1 LA GUERRE DES TUQUES
Danyèle Patenaude et Roger Cantin

2 OPÉRATION BEURRE DE PINOTTES
Michael Rubbo

3 BACH ET BOTTINE
Bernadette Renaud

4 LE JEUNE MAGICIEN
Viviane Julien

5 C'EST PAS PARCE QU'ON EST PETIT
QU'ON PEUT PAS ÊTRE GRAND
Viviane Julien

6 LA GRENOUILLE ET LA BALEINE
Viviane Julien

7 LES AVENTURIERS DU TIMBRE PERDU
Michael Rubbo

8 FIERRO... L'ÉTÉ DES SECRETS
Viviane Julien

9 BYE BYE, CHAPERON ROUGE
Viviane Julien

10 PAS DE RÉPIT POUR MÉLANIE
Stella Goulet

11 VINCENT ET MOI
Michael Rubbo

À partir de 8 ans

1 GASPARD OU LE CHEMIN DES MONTAGNES
Christiane Duchesne

2 BIBITSA OU L'ÉTRANGE VOYAGE DE
CLARA VIC
Christiane Duchesne

3 MILLE BAISERS, GRAND-PÈRE
Stella Goulet

4 PAS D'HIVER! QUELLE MISÈRE!
Pierre Guénette

5 LE 25ᵉ FILS
Bernard Tanguay

6 LES IDÉES FOLLES
Ken Roberts

7 L'ORDINATEUR ÉGARÉ
Pierre Pigeon

8 MYSTÈRE ET BOULE DE GOMME
Jacques Pasquet

9 LE GRAND TÉNÉBREUX
Pierre Pigeon

10 L'ARMÉE DU SOMMEIL
Gilles Gagnon

11 MÉLI-MÉLO
Jacques Pasquet

12 LES PRISONNIERS DE MONSIEUR ALPHONSE
Céline Cyr

13 TROIS ALLERS DEUX RETOURS
Pierre Moessinger

14 DES BLEUS ET DES BOSSES
Denis Desjardins

15 JACOB DEUX-DEUX ET LE DINOSAURE
Mordecai Richler

16 UN CHIEN, UN VÉLO ET DES PIZZAS
Cécile Gagnon

17 MACK LE ROUGE
Yves Beauchesne et David Schinkel

18 LES LUNETTES D'ANASTASIE
Céline Cyr

19 ON NE SE LAISSE PLUS FAIRE
Yvon Brochu

20 LE PARI D'AGATHE
Sonia Sarfati

21 MENACE SUR BOUQUINVILLE
Louise Lévesque

22 LE BLOND DES CARTES
Johanne Mercier

23 LA TÊTE DE LINE HOTTE
Jasmine Dubé

24 VINCENT-LES-VIOLETTES
Céline Cyr

25 SAUVETAGES
Sonia Sarfati

26 LA VRAIE HISTOIRE DU CHIEN DE CLARA VIC
Christiane Duchesne

27 LES ENFANTS D'YDRIS
Louise Lévesque

28 QUELQUE TEMPS DANS LA VIE DE JESSICA
Sarah Ellis

29 HISTOIRE DE LA PRINCESSE ET DU DRAGON
Élisabeth Vonarburg

30 PANTOUFLES INTERDITES
Céline Cyr

31 L'HOMME DU CHESHIRE
Michèle Marineau

À partir de 14 ans

1 LE DERNIER DES RAISINS
Raymond Plante

2 DES HOT DOGS SOUS LE SOLEIL
Raymond Plante

3 Y A-T-IL UN RAISIN DANS CET AVION?
Raymond Plante

4 SIMON YOURM
Gaétan Lebœuf

5 NOCTURNES POUR JESSIE
Denis Côté

6 J'AI BESOIN DE PERSONNE
   Reynald Cantin

7 VOL DE RÊVES
   Paul de Grosbois

8 DES MILLIONS POUR UNE CHANSON
   André Vanasse

9 CASSIOPÉE OU L'ÉTÉ POLONAIS
   Michèle Marineau

10 L'ÉTÉ DES BALEINES
    Michèle Marineau

11 LE DOMAINE DES SANS YEUX
    Jacques Lazure

12 BOUDIN D'AIR
    Gaétan Lebœuf

13 LE SECRET D'ÈVE
    Reynald Cantin

14 LE CHOIX D'ÈVE
    Reynald Cantin

Collection Clip

1 LA PREMIÈRE FOIS TOME 1
   Collectif

2 LA PREMIÈRE FOIS TOME 2
   Collectif